Der ewige Jude

Johann Wolfgang Goethe

Ein Fragment

Des ewigen Juden erster Fetzen

Um Mitternacht wohl fang ich an,

Spring aus dem Bette wie ein Toller;

Nie war mein Busen seelevoller,

Zu singen den gereisten Mann,

Der Wunder ohne Zahl gesehn,

Die trutz der Lästrer Kinderspotte

In unserm unbegriffnen Gotte

Per omnia tempora in *einem* Punkt geschehn.

Und hab ich gleich die Gabe nicht

Von wohlgeschliffnen, leichten Reimen,

So darf ich doch mich nicht versäumen,

Denn es ist Drang, und so ist's Pflicht.

Und wie ich dich, geliebter Leser, kenne,

Den ich von Herzen Bruder nenne,

Willst gern vom Fleck und bist so faul,

Nimmst wohl auch einen Ludergaul,

Und ich, mir fehlt zu Nacht der Kiel,

Ergreif wohl einen Besenstiel.

Drum hör es denn, wenn dir's beliebt,

So kauderwelsch, wie mir der Geist es gibt.

In Judäa, dem heiligen Land,

War einst ein Schuster, wohlbekannt

Wegen seiner Herzfrömmigkeit

Zur gar verdorbnen Kirchenzeit.

War halb Essener, halb Methodist,

Herrnhuter, mehr Separatist,

Denn er hielt viel auf Kreuz und Qual,

Genug, er war *original,*

Und aus Originalität

Er andern Narren gleichen tät.

Die Priester vor so vielen Jahren

Waren, als wie sie immer waren

Und wie ein jeder wird zuletzt,

Wenn man ihn hat in ein Amt gesetzt.

War er vorher wie ein Ameis krabblig

Und wie ein Schlänglein schnell und zabblig,

Wird er hernach in Mantel und Kragen

In seinem Sessel sich wohl behagen.

Und ich schwöre bei meinem Leben,

Hätte man Sankt Paulen ein Bistum geben,

Pollrer wär worden ein fauler Bauch

Wie coeteri confratres auch.

Der Schuster aber und seinesgleichen

Verlangten täglich Wunder und Zeichen,

Daß einer pred'gen sollt für Geld,

Als hätt der Geist ihn hingestellt.

Nickten die Köpfe sehr bedenklich

Über die Tochter Zion kränklich,

Daß, ach, auf Kanzel und Altar

Kein Moses und kein Aaron war,

Daß es dem Gottesdienste ging,

Als wär's ein Ding wie ein ander Ding,

Das einmal nach dem Lauf der Welt

Im Alter dürr zusammenfällt.

»O weh der großen Babylon!

Herr, tilge sie von deiner Erden,

Laß sie im Pfuhl gebraten werden,

Und, Herr, dann gib uns ihren Thron.«

So sang das Häuflein, kroch zusammen,

Teilten so Geists- als Liebesflammen,

Gafften und langeweilten nun,

Hätten das auch können im Tempel tun.

Aber das Schöne war dabei,

Es kam an jeden auch die Reih,

Und wie sein Bruder welscht' und sprach,

Durft er auch welschen eins hernach.

Denn in der Kirche spricht erst und letzt

Der, den man hat hinaufgesetzt,

Und gläubigt euch und tut so groß

Und schließt euch an und macht euch los,

Und ist ein Sünder wie andre Leut,

Ach, und nicht einmal so gescheut.

Der größte Mensch bleibt stets ein Menschenkind,

Die größten Köpfe sind das nur, was andre sind,

Allein, das merkt, sie sind es umgekehrt:

Sie wollen nicht mit andern Erdentröpfen

Auf ihren Füßen gehn, sie gehn auf ihren Köpfen,

Verachten, was ein jeder ehrt,

Und was gemeinen Sinn empört,

Das ehren unbefangne Weisen.

Doch brachten sie's nicht allzuweit,

Ihr non plus ultra jederzeit

War, Gott zu lästern und den Dreck zu preisen.

Die Priester schrien weit und breit:
»Es ist, es kommt die letzte Zeit,
Bekehr dich, sündiges Geschlecht.«
Der Jude sprach: »Mir ist's nicht bang,
Ich hör vom Jüngsten Tag so lang.«

Behalten auch zu unsern Zeiten
Die Gabe, Geister zu unterscheiden,
Cap und Champagner und Burgunder
Von Hoch- nach Riedesheim hinunter.

Der Vater saß auf seinem Thron,
Da rief er seinem lieben Sohn,
Mußt zwei- bis dreimal schreien.
Da kam der Sohn ganz überquer
Gestolpert über Sterne her
Und fragt' was zu befehlen.
Der Vater fragt ihn, wo er stickt

»Ich war im Stern, der dorten blickt,
Und half dort einem Weibe
Vom Kind in ihrem Leibe.«
Der Vater war ganz aufgebracht
Und sprach: »Das hast du dumm gemacht,
Sieh einmal auf die Erde.
Es ist wohl schön und alles gut,
Du hast ein menschenfreundlich Blut
Und hilfst Bedrängten gerne.«

Als er sich nun hernieder schwung
Und näher die weite Erde sah

Und Meer und Länder weit und nah,

Ergriff ihn die Erinnerung,

Die er so lange nicht gefühlt,

Wie man da drunten ihm mitgespielt.

Er fühlt in vollem Himmelsflug

Der ird'schen Atmosphäre Zug,

Fühlt, wie das reinste Glück der Welt

Schon eine Ahndung von Weh enthält.

Er denkt an jenen Augeblick,

Da er den letzten Todesblick

Vom Schmerzenhügel herab getan,

Fing vor sich hin zu reden an:

»Sei, Erde, tausendmal gegrüßt!

Gesegnet all ihr meine Brüder!

Zum erstenmal mein Herz ergießt

Sich nach dreitausend Jahren wieder,

Und wonnevolle Zähre fließt

Vom nimmer trüben Auge nieder.

O mein Geschlecht, wie sehn ich mich nach dir!

Und du, mit Herz und Liebesarmen

Flehst du aus tiefem Drang zu mir.

Ich komm, ich will mich dein erbarmen.

O Welt voll wunderbarer Wirrung,

Voll Geist der Ordnung, träger Irrung,

Du Kettenring von Wonn und Wehe,

Du Mutter, die mich selbst zum Grab gebar,

Die ich, obgleich ich bei der Schöpfung war,

Im ganzen doch nicht sonderlich verstehe.

Die Dumpfheit deines Sinns, in der du schwebtest,

Daraus du dich nach meinem Tage drangst,

Die schlangenknotige Begier, in der du bebtest,

Von ihr dich zu befreien strebtest

Und dann, befreit, dich wieder neu umschlangst

Das rief mich her aus meinem Sternensaale,

Das läßt mich nicht an Gottes Busen ruhn.

Ich komme nun zu dir zum zweiten Male;

Ich säete dann, und ernten will ich nun.«

Er auf dem Berge stille hält,

Auf den in seiner ersten Zeit

Freund Satanas ihn aufgestellt

Und ihm gezeigt die volle Welt

Mit aller ihrer Herrlichkeit.

Er sieht begierig rings sich um,

Sein Auge scheint ihn zu betrügen,

Ihm scheint die Welt noch um und um

In jener Sauce tief zu liegen,

Wie sie an jener Stunde lag,

Da sie bei hellem, lichten Tag

Der Geist der Finsternis, der Herr der Alten Welt,

Im Sonnenschein ihm glänzend dargestellt

Und angemaßt sich ohne Scheu,

Daß er hier Herr im Hause sei.

Nicht gut, nicht bös, nicht groß, nicht klein,

So scheißig, als sie sollte sein.

Doch wenn er's tät sich feste klopfen,

Das Reich Gottes hineinzupfropfen.

»Wo!« rief der Heiland, »ist das Licht,

Das hell von meinem Wort entbronnen!

Weh! und ich seh den Faden nicht,

Den ich so rein vom Himmel 'rab gesponnen.

Wo haben sich die Zeugen hingewandt,

Die weis' aus meinem Blut entsprungen,

Und ach, wohin der Geist, den ich gesandt

Sein Wehn, ich fühl's, ist all verklungen.

Schleicht nicht mit ew'gem Hungersinn,

Mit halbgekrümmten Klauenhänden,

Verfluchten, eingedorrten Lenden

Der Geiz nach tückischem Gewinn,

Mißbraucht die sorgenlosen Freuden

Des Nachbars auf der reichen Flur

Und hemmt in dürren Eingeweiden

Das liebe Leben der Natur.

Verschließt der Fürst mit seinen Sklaven

Sich nicht in jenes Marmorhaus

Und brütet seinen irren Schafen

Die Wölfe selbst im Busen aus.

Ihm wird zu grillenhafter Stillung

Der Menschen Mark herbeigerafft,

Verspritzt in ekler Überfüllung

Von Tausenden die Nahrungskraft.

In meinem Namen weiht dem Bauche

Ein Armer seiner Kinder Brot,

Mich schmäht auf diesem faulen Schlauche

Das goldne Zeichen meiner Not.

Er war nunmehr der Länder satt,

Wo man so viele Kreuze hat

Und man für lauter Kreuz und Christ

Ihn eben und sein Kreuz vergißt.

Er trat in ein benachbart Land,

Wo er sich nur als Kirchfahn fand,
Man aber sonst nicht merkte sehr,
Als ob ein Gott im Lande wär.
Wie man ihm denn auch bald beteuert,
Aller Sauerteig sei hier ausgescheuert,
Befurcht' er, daß das Brot so lieb
Wie ein Matzkuchen sitzen blieb'.«

Davon sprach ihm ein geistlich Schaf,
Das er auf hohem Wege traf,
Das eine macklige Frau im Bett,
Viel Kinder und viel Zehnden hätt,
Der also Gott ließ im Himmel ruhn
Und sich auch was zugute tun.

Unser Herr fühlt' ihm auf den Zahn,
Fing etlichmal von Christo an.
Da war der ganze Mensch Respekt,
Hätte fast nie das Haupt bedeckt.
Aber der Herr sah ziemlich klar,
Daß er drum nicht im Herzen war,
Daß er dem Mann im Hirne stand
Als wie ein Holzschnitt an der Wand.

Sie waren bald der Stadt so nah,
Daß man die Türne klärlich sah.
»Ach«, sprach mein Mann, »hier ist der Ort,
Aller Wünsche sichrer Friedensport,
Hier ist des Landes Mittelthron;
Gerechtigkeit und Religion
Spedieren, wie der Selzerbrunn

Petschiert, ihren Einfluß ringsherum.«

Sie kamen immer näher an,

Sah immer der Herr nichts Seinigs dran.

Sein innres Zutraun war gering,

Als wie er einst zum Feigbaum ging;

Wollt aber doch eben weitergehn

Und ihm recht unter die Äste sehn.

So kamen sie denn unters Tor,

Christus kam ihnen ein Fremdling vor,

Hätt ein edel Gesicht und einfach Kleid,

Sprachen: »Der Mann kommt gar wohl weit.«

Fragt' ihn der Schreiber, wie er hieß'?

Er gar demütig die Worte ließ:

»Kinder, ich bin des Menschen Sohn.«

Und ganz gelassen ging davon.

Seine Worte hatten von jeher Kraft,

Der Schreiber stande wie vergafft,

Der Wache war, sie wußt nicht wie,

Fragt keiner: Was bedienen Sie?

Er ging grad durch und war vorbei.

Da fragten sie sich überlei,

Als in Rapport sie's wollten tragen:

»Was tät der Mann Kurioses sagen?

Sprach er wohl unsrer Nase Hohn?

Er sagt: er wär des Menschen Sohn!«

Sie dachten lang, doch auf einmal

Sprach ein branntwein'ger Korporal:

»Was mögt ihr euch den Kopf zerreißen,

Sein Vater hat wohl Mensch geheißen.«

Christ sprach zu seinem G'leiter dann:
»So führet mich zum Gottesmann,
Den Ihr als einen solchen kennt
Und ihn Herr Oberpfarrer nennt.«
Dem Herren Pfaff das krabbeln tät,
War selber nicht so hoch am Brett.
Hätt so viel Häut ums Herze ring,
Daß er nicht spürt', mit wem er ging,
Auch nicht einmal einer Erbse groß.
Doch war er gar nicht liebelos
Und dacht, kommt alles ringsherum,
Verlangt er ein Viaticum.

Kamen an's Oberpfarrers Haus,
Stand von uralters noch im Ganzen.
Reformation hätt ihren Schmaus
Und nahm den Pfaffen Hof und Haus,
Um wieder Pfaffen 'nein zu pflanzen,
Die nur in allem Grund der Sachen
Mehr schwätzen, wen'ger Grimassen machen.
Sie klopften an, sie schellten an,
Weiß nicht bestimmt, was sie getan.
Genug, die Köchin kam hervor,
Aus der Schürz ein Krauthaupt verlor,
Und sprach: »Der Herr ist im Konvent,
Ihr heut nicht mit ihm sprechen könnt.«
»Wo ist denn das Konvent?« sprach Christ.
»Was hilft es Euch, wenn Ihr's auch wißt«,
Versetzt' die Köchin porrisch drauf,
»Dahin geht nicht eines jeden Lauf.«
»Möcht's doch gern wissen!« tät er fragen.

Sie hätt nicht Herz, es zu versagen,
Wie er den Weg zur Weiblein Brust
Von alten Zeiten wohl noch wußt.
Sie zeigt's ihm an, und er tät gehn,
Wie ihr's bald weiter werdet sehn.